Livro 10

Um obrigada especial para Linda Chapman.

Para Jemima Young, uma amiga cintilante.

CIP-BRASIL. CATALOGAÇÃO NA PUBLICAÇÃO
SINDICATO NACIONAL DOS EDITORES DE LIVROS, RJ

B17L
Banks, Rosie
  O lago das ninfas / Rosie Banks ; [ilustração Orchard Books ; tradução Monique D'Orazio]. - 1. ed. - Barueri, SP : Ciranda Cultural, 2017.
  128 p. : il. ; 20 cm. (O reino secreto ; livro 10)

  Tradução de: Lily pad lake
  ISBN: 978-85-380-6843-3

  1. Ficção infantojuvenil inglesa. I. Título II. Série.

16-38661
CDD: 028.5
CDU: 087.5

© 2013 Orchard Books
Publicado pela primeira vez em 2013 pela Orchard Books.
Texto © 2013 Hothouse Fiction Limited
Ilustrações © 2013 Orchard Books

© 2017 desta edição:
Ciranda Cultural Editora e Distribuidora Ltda.
Tradução: Monique D'Orazio
Preparação: Carla Bitelli

1ª Edição
www.cirandacultural.com.br
Todos os direitos reservados. Nenhuma parte desta publicação pode ser reproduzida, arquivada em sistema de busca ou transmitida por qualquer meio, seja ele eletrônico, fotocópia, gravação ou outros, sem prévia autorização do detentor dos direitos, e não pode circular encadernada ou encapada de maneira distinta àquela em que foi publicada, ou sem que as mesmas condições sejam impostas aos compradores subsequentes.

O Lago das Ninfas

ROSIE BANKS

Ciranda Cultural

O Lago das Ninfas

Sumário

A piscina de Valemel   9

O Lago das Ninfas   25

Novas amizades   41

Um feitiço maléfico   57

A Caverna de Cristal   77

Trabalho em equipe   95

A piscina de Valemel

— Olhem isso! — gritou Jasmine para suas melhores amigas, Ellie e Summer, na beirada da piscina de Valemel. Então ela deu um mergulho perfeito na água profunda, mal provocando uma ondulação na superfície azul lisinha.

— Ah, eu queria ser corajosa para mergulhar assim... — suspirou Summer.

O Lago das Ninfas

— Foi incrível, Jasmine! — Ellie aplaudiu a amiga.

Jasmine boiava com os longos cabelos castanhos grudados nas costas e com um grande sorriso no rosto. Ellie continuou:

— Agora é a minha vez.

Jasmine nadou até Summer para verem Ellie sair da piscina. Do café, a avó de Jasmine acenou e sorriu para elas.

— Aqui vou eu! — gritou Ellie, saltando no ar com os braços e as pernas bem abertos, parecendo uma estrela. Ela fez uma careta engraçada antes de mergulhar na água, sacudindo-se toda.

Summer e Jasmine deram uma risadinha quando receberam um grande respingo de água.

A piscina de Valemel

Ellie apareceu ao lado das amigas, com os olhos verdes dançantes e o cabelo ruivo, geralmente encaracolado, colado na cabeça. Ela riu e disse:

— Pelo menos eu não fiz uma barrigada.

— Agora é sua vez, Summer – sugeriu Jasmine.

— Hum... – Summer hesitou. – Eu não gosto muito de mergulhar e saltar na piscina. A água sempre entra no meu nariz.

— Vamos, Summer – encorajou Ellie. – É muito divertido.

Summer sentiu um frio na barriga só de pensar. Ela sacudiu a cabeça dizendo que não.

— Tudo bem, não precisa pular – disse Jasmine, vendo o rosto tenso da amiga. – Vamos então brincar de pega-pega.

— Podemos brincar na parte rasa? – Summer perguntou, esperançosa.

— É claro que podemos – concordou Jasmine.

– Não está comigo! – gritou Ellie, afastando-se bem depressa pela água.

– Está comigo – disse Jasmine. – Vou contar até dez. Um, dois, três...

Summer saiu espirrando água, mas, mesmo com a vantagem, não demorou para Jasmine alcançá-la.

– Peguei! – Jasmine disse sem fôlego, tocando o braço de Summer.

– Você é muito rápida! – Summer deu risada.

– Agora vou pegar a Ellie – Jasmine partiu para a caçada.

Summer sorriu observando Jasmine perseguir Ellie até o outro lado da piscina e ficou mexendo os dedos na água ondulante. Ela gostava de nadar, mas queria não ficar com tanto receio de chegar a uma parte que não desse pé.

"Era muito mais fácil quando a gente nadava com as sereias do Reino Secreto" – Summer

A piscina de Valemel

pensou. Naquele dia, Trixi havia jogado nelas um pó de bolhas que lhes permitia respirarem debaixo d'água.

O Reino Secreto era uma terra maravilhosa que só Ellie, Jasmine e Summer conheciam;

um lugar onde viviam criaturas incríveis como unicórnios, elfos e fadinhas. As três meninas descobriram o reino quando encontraram uma caixa mágica em um bazar da escola, e desde então elas viveram todos os tipos de aventuras por lá. Sua amiga fadinha, Trixibelle, enviava uma mensagem na Caixa Mágica sempre que o Reino Secreto precisava da ajuda delas.

Summer sabia que a terra encantada estava passando por problemas no momento. O alegre rei Felício tinha comido um bolo enfeitiçado de sua irmã, a malvada rainha Malícia. Ela queria se tornar a governante do reino, por isso, como parte dos planos, havia envenenado o bolo com uma maldição que pouco a pouco estava transformando o rei Felício em um sapo fedido horrível. Se o rei Felício não bebesse uma poção-antídoto até o Baile de Verão do Reino Secreto, ele se tornaria um sapo fedido para sempre! Summer, Ellie e Jasmine tinham prometido ajudar a encontrar os ingredientes para fazer a poção-antídoto. Até aquele momento, tinham conseguido coletar o favo de mel de abolhas, o açúcar prateado e o pó de sonho, mas ainda precisavam encontrar mais três ingredientes, e o tempo estava acabando.

Summer olhou de relance para os vestiários. Ela e as amigas tinham começado a levar a Caixa Mágica para todos os lugares junto com elas, para que não perdessem nenhuma mensagem do Reino Secreto. Elas tinham deixado a caixa dentro da bolsa de Jasmine, no armário do vestiário, enquanto estavam na piscina. E se os amigos do Reino Secreto precisassem da ajuda delas naquele exato momento?

"Vou lá só dar uma olhadinha" – Summer pensou e saiu da piscina.

O Lago das Ninfas

As amigas nadaram até a beirada quando a viram sair.

– Você está bem, Summer? – perguntou Ellie.

– Estou, sim – respondeu Summer. – Só vou até o nosso armário para dar uma olhada rápida.

Ellie e Jasmine sorriram. Summer não precisava dizer mais nada, elas sabiam exatamente do que a amiga estava falando.

– A gente vai com você – Jasmine falou, sorrindo.

As três meninas correram para o vestiário, pingando água pelo caminho.

Quando alcançaram o armário, elas pararam. Uma luz brilhava pelas beiradas da porta trancada!

– A Caixa Mágica! – exclamou Jasmine, ofegante. – Ela está brilhando!

A piscina de Valemel

Ellie olhou em volta. Por sorte não havia mais ninguém no vestiário que pudesse ver aquilo também.

– Rápido. Vamos tirar a caixa daí para ver se tem um enigma para nós!

Jasmine destrancou a porta do armário e tirou a linda caixa de madeira entalhada. Palavras brilhantes já estavam se formando no espelho da tampa.

– Tem mesmo uma mensagem! Precisamos encontrar um lugar seguro para ler – ela exclamou.

Summer teve uma ideia e perguntou:

– Que tal uma das cabines?

Foi um aperto para as três conseguirem entrar em um cubículo, mas até que deu certo. As meninas olharam para a tampa enquanto Summer lia as palavras:

*– Encontramos o próximo ingrediente
onde a água espirra em volta da gente.
Sigam para onde flores flutuantes floresçem,
onde as ninfas brincalhonas aparecem.*

Quando ela terminou de ler, a Caixa Mágica se abriu e um mapa encantado do Reino Secreto saiu voando dali de dentro com um clarão de luz. O mapa se desenrolou diante das meninas, mostrando toda a colorida ilha em forma de lua crescente, como se as garotas estivessem espiando por uma janela. Os elfos confeiteiros estavam agitados na Confeitaria Doçura, as bandeirinhas tremulavam no topo das torres

A piscina de Valemel

cor-de-rosa do Palácio Encantado, e, sobre as rochas no mar azul-turquesa, belas sereias penteavam seus longos cabelos.

O Lago das Ninfas

– Aonde será que temos que ir desta vez? – falou Jasmine, seus olhos castanhos percorrendo todo o mapa.

A piscina de Valemel

— Em algum lugar onde tenha água — disse Ellie em voz baixa, para que ninguém fora do cubículo as pudesse ouvir.

— E ninfas e flores... — acrescentou Summer.

— Vejam! Aqui! — Jasmine exclamou.

— Xiiiiu! — Ellie se apressou em dizer.

O Lago das Ninfas

Jasmine apontou para um lindo lago cor de prata, no qual desaguavam grandes cachoeiras que começavam nos penhascos muito altos que rodeavam o lago. Pequenas silhuetas estavam nadando na água, e havia enormes vitórias-régias de flores brancas pontuando toda a superfície do lago.

– O Lago das Ninfas – ela sussurrou, lendo o nome no mapa.

— Só pode ser aí! — Ellie falou, cheia de entusiasmo.

As meninas sorriram, ansiosas pelo que as aguardava. Outra aventura estava prestes a começar!

O Lago das Ninfas

As três meninas colocaram as mãos cuidadosamente nas joias brilhantes da Caixa Mágica e disseram em coro:

– O lugar aonde temos que ir é o Lago das Ninfas!

De repente, um fluxo de brilhos cor-de-rosa explodiu para fora da tampa da caixa, enchendo o cubículo do vestiário. As meninas piscaram

O Lago das Ninfas

ao ver aparecer sua amiga Trixi, a fadinha real, girando, girando, girando ao disparar por todo o caminho até o teto na sua folha flutuante. Ela deu uma guinada a tempo e desceu voando em direção às meninas.

– Olá! – cumprimentou Trixi, sem fôlego.

Ela parou a folha diante do nariz das meninas e sorriu. Ela vestia um vestido cor-de-rosa e branco na altura dos joelhos, com muitas pedras preciosas em formatos de diamantes bordadas na barra. Seu cabelo loiro desarrumado despontava em todas as direções, cobrindo as orelhinhas pontudas.

– É um prazer enorme ver vocês três de novo! – exclamou ela.

– É um prazer ver você também, Trixi – sussurrou Summer, estendendo a mão para a fadinha se equilibrar em cima.

Trixi desceu com a folha e pousou na mão de Summer, tão leve como uma borboleta.

– Onde a gente está? E por que vocês estão sussurrando? – ela perguntou, olhando ao redor.

– Estamos numa cabine dentro do vestiário da piscina – Jasmine explicou. – E estamos sussurrando porque não queremos que ninguém ouça a gente. Minha avó poderia vir nos procurar a qualquer momento.

– Sua tia Maybelle descobriu qual é o próximo ingrediente que precisamos encontrar para a poção-antídoto? – Ellie perguntou muito ansiosa. – Foi por isso que você nos enviou a mensagem?

O Lago das Ninfas

A tia de Trixi era uma velha fadinha muito sábia. Ela estava tentando descobrir exatamente do que precisavam para fazer a poção-antídoto que curaria o rei Felício.

Trixi fez que sim e explicou:

– Foi. Precisamos da água medicinal de uma cachoeira ao redor do Lago das Ninfas.

Ellie olhou para seus trajes de banho.

– Ainda bem que já estamos vestidas para visitar um lago – ela falou com uma risadinha.

– Vocês estão mesmo! – Trixi sorriu. – E eu também vou me preparar.

Ela deu uma batidinha no anel mágico e, no mesmo instante, seu vestido se transformou em um traje de banho frente-única com uma minissaia cor-de-rosa por cima. Chinelos cintilantes apareceram em seus pezinhos, e uma touca branca de natação decorada com lindas flores cor-de-rosa cobriu seus cabelos. Ela sorriu para as meninas e cantarolou:

O Lago das Ninfas

– Boas amigas, voem para o feitiço controlar,
antes que o rei Felício possa piorar!

Uma nuvem dourada girou pela cabine e cercou as meninas em uma névoa brilhante. Elas deram as mãos assim que foram levantadas do chão e rodopiadas no ar.

O Lago das Ninfas

Depois de alguns segundos, a magia as recolocou no chão suavemente. O turbilhão desvaneceu e as meninas prenderam a respiração, tamanho o espanto que sentiram. Estavam ao lado do belo lago que tinham visto no mapa! As águas eram tão límpidas que era possível ver até o fundo, onde brilhavam pedrinhas de cristal. Ao redor do lago, cachoeiras formavam cascatas e desaguavam salpicando água por toda a volta, refletindo uma luz cintilante nas minúsculas gotinhas.

– De qual cachoeira a gente precisa? – Jasmine perguntou.

– Não sei – Trixi falou, olhando por toda a volta, onde águas caíam. – Ela se chama Cachoeira Pingos de Luz, mas não sei qual é.

– Podemos perguntar a algum deles? – Summer sugeriu, apontando para um grupo de pessoas brincando na água.

O Lago das Ninfas

Eram todas altas e esbeltas, com pele pálida azulada, cabelos prateados e olhos grandes como piscinas naturais azuis. Algumas delas estavam andando sobre caramujos aquáticos gigantes.

O Lago das Ninfas

– Quem são aquelas pessoas? – Ellie exclamou.

– São ninfas da água – Trixi respondeu com uma risadinha. – Vocês não têm ninfas da água no Outro Reino?

– Não! – Jasmine respondeu sorrindo. Seus olhos castanhos estavam arregalados.

– São lindas – maravilhou-se Summer.

As ninfas usavam vestidos cintilantes e bermudas feitos com algas de rio. Estavam se divertindo tanto nadando ali, montadas nos caramujos, que nem notaram Ellie, Summer, Jasmine e Trixi.

– São como o povo das sereias, mas elas têm pernas, e não caudas de peixe – explicou Trixi. – Vivem debaixo d'água na maior parte do tempo, mas também conseguem respirar fora d'água.

Jasmine não conseguiu esperar mais, tamanha a ansiedade. Ela resolveu cumprimentar as ninfas.

O Lago das Ninfas

— Olá! — ela gritou, colocando as mãos ao redor da boca para fazer a voz ser ouvida mais longe.

As ninfas se viraram e olharam. No segundo seguinte, todas elas e os caramujos aquáticos tinham mergulhado dentro do lago e desaparecido!

O Lago das Ninfas

— Oh, não — disse Jasmine, decepcionada. — O que foi que eu fiz?

— Não é culpa sua — Trixi comentou. — Ninfas são muito tímidas, e elas deviam estar longe demais para ver as tiaras de vocês.

Ellie estendeu a mão para tocar a tiara dourada. Sempre que as meninas chegavam ao Reino Secreto, tiaras especiais apareciam sobre a cabeça delas para que todas as criaturas que as encontrassem pelo caminho soubessem que elas estavam ali para ajudar o rei Felício.

Ellie olhou para todas as cachoeiras.

— Espero que elas voltem logo. Temos de perguntar qual é a Cachoeira Pingos de Luz.

— E se eu mergulhar e chamar a atenção delas? — Jasmine sugeriu, pondo os dedos dos pés na água.

O lago era deliciosamente quentinho, como um banho de banheira. Ela não resistiu e disse:

— Vou entrar!

O Lago das Ninfas

— Eu também vou! — declarou Ellie.

— Esperem — Trixi disse para as meninas. — Vocês não querem correr o risco de as tiaras caírem quando estiverem na água.

Ela deu uma batidinha no anel mágico e entoou:

— Bem presas as tiaras irão permanecer,
até vocês terminarem o que precisam fazer.

— Obrigada — Jasmine agradeceu com um sorriso. Ela detestaria perder a linda tiara.

— Entro no lago em um segundo — falou Summer.

Ela havia notado algo num cantinho perto dali. Um dos caramujos gigantes estava amarrado e tinha sido deixado para trás quando os outros mergulharam na água. Suas antenas tremiam de medo enquanto ele tentava se libertar.

— Oh, coitadinho – Summer disse, com pena da criatura assustada.

Ela adorava todos os animais e detestava vê-los tristes ou amedrontados. Então virou-se para as amigas e avisou:

— Vou soltá-lo e depois alcanço vocês.

Summer correu pela margem do lago. À medida que se ela aproximava, o pânico do caramujo aumentava, e ele enfiou a cabeça dentro da concha.

— Está tudo bem – Summer o acalmou. – Não vou machucar você. Só vou desamarrá-lo, aí você pode encontrar os seus amigos.

O Lago das Ninfas

A cabeça do caramujo saiu um pouquinho da concha. Os tentáculos dos olhos balançaram com incerteza.

– É isso aí. Não precisa ficar com medo. Só quero ajudar você – Summer disse suavemente.

Agora que estava mais perto dele, dava para ver o lindo padrão espiralado de sua concha roxa.

– Você é tão lindo – ela

disse.

Summer soltou as rédeas que estavam amarradas num caule de planta, e o caramujo mergulhou com alegria na água.

– Obrigada por ajudá-lo – disse uma voz

tímida.

Summer deu um salto e olhou para trás.

Uma ninfa estava espiando detrás de alguns juncos ali perto!

Novas amizades

— O nome do caramujo é Encaracolado — a ninfa contou a Summer, enquanto o caramujo nadava até ela e se aconchegava ali. — Por causa da espiral na concha dele.

Ela percorreu o contorno com os dedos.

— Ele é seu? — perguntou Summer.

A ninfa confirmou com a cabeça e saiu de trás dos juncos.

— Você tem sorte mesmo — falou Summer.

A ninfa sorriu timidamente.

— Quer fazer carinho nele?

— Sim, por favor! — Summer respondeu com entusiasmo.

— Meu nome é Nadia — ela contou. — Qual é o seu?

— Sou a Summer — ela respondeu.

Summer entrou na água e foi até Encaracolado. Nadia estava fazendo cafuné no pescoço dele. Summer passou a mão sobre a concha lisinha, e o bichinho enfiou a cabeça debaixo da mão dela, fazendo-a rir.

Novas amizades

Nadia soltou uma exclamação de espanto ao notar a tiara na cabeça de Summer.

– Você deve ser uma visitante do Outro Reino! – ela disse. – Você é uma das garotas humanas que têm ajudado a parar a rainha Malícia?

Summer fez que sim e explicou:

– Minhas amigas Ellie e Jasmine estão bem ali – ela olhou em volta para onde as outras estavam. – Elas estão tentando mergulhar para conversar com algumas ninfas.

Summer e Nadia observaram Ellie vir à tona com um *splash* e Trixi desviar-se dos respingos.

– Elas nunca serão capazes de mergulhar fundo o suficiente – Nadia explicou. – Mas isso não importa, pois agora podem conversar comigo! Então por que estão aqui no Lago das Ninfas?

– Precisamos de um pouco da água medicinal da Cachoeira Pingos de Luz. Ah, por favor, você sabe qual delas é?

— É aquela, bem ali – Nadia apontou para a cachoeira no lado mais distante do lago.

Summer curvou os ombros. Levaria séculos para nadarem até o outro lado do lago.

— Temos que chegar lá o mais rápido possível – ela disse à Nadia, então explicou o que a rainha Malícia tinha feito com o rei Felício. – A questão é: o rei Felício não sabe que está se transformando em um sapo fedido. As fadinhas lançaram um encanto de esquecimento nele, e nós estamos procurando os ingredientes para a poção-antídoto. Precisamos fazer o rei beber antes que ele se dê conta do que está acontecendo. Mas temos que nos apressar. Se ele não beber a poção-antídoto até a meia-noite do dia do Baile de Verão, ele vai ser um sapo fedido para sempre!

— Oh céus! – os olhos de Nadia se arregalaram, e seu rosto bonito se vincou de preocupa-

Novas amizades

ção. – O rei Felício é tão adorável! Vocês gostariam que eu e meus amigos ajudássemos vocês a chegar até a cachoeira?

– Sim, por favor! – falou Summer.

– Eu vou buscá-los – falou Nadia.

Ela saltou nas costas de Encaracolado e juntos desapareceram nas profundezas do lago.

Summer voltou correndo até as amigas. Ellie acenou ao vê-la se aproximar.

– Summer, sua espertinha, você encontrou uma ninfa!

– Encontrei... e ela me disse qual é a cachoeira certa! Ela é uma fofa – os olhos de Summer brilharam. – Ela se chama Nadia e vai voltar com os amigos dela, que vão nos ajudar a chegar até a cachoeira.

Enquanto ela falava, uma cabeça azul e depois outra apareceram na superfície da água.

– Olhem! – exclamou Summer.

De repente, todas as ninfas da água estavam lá. Agora que sabiam que Summer, Ellie e Jasmine eram amigas, elas acenaram e nadaram para mais perto das meninas.

Quando Nadia as alcançou, Summer apresentou as outras meninas para ela.

Novas amizades

— Estas são Ellie e Jasmine. E Trixi. Ela é uma fadinha real!

Trixi deu uma pirueta sobre a folha.

— É um prazer conhecer você, Nadia.

— A Summer me contou por que vocês estão aqui — falou Nadia. — Nós queremos ajudar o rei Felício. Trouxemos nossos caramujos aquáticos. Se vocês forem nas costas deles, vão conseguir chegar à Cachoeira Pingos de Luz tão depressa quanto a gente.

O Lago das Ninfas

— Ah, obrigada! — exclamaram Summer, Ellie e Jasmine, muito contentes.

Três amigas de Nadia levaram Encaracolado e dois outros caramujos aquáticos gigantes até elas. Seus tentáculos dos olhos balançavam de um jeito amigável. Cada um dos caramujos tinha um cabresto dourado com longas rédeas. Os caramujos afundaram na água para que as meninas pudessem subir em seus cascos lisinhos e polidos. Assim que todas estavam montadas, os caramujos começaram a deslizar pela água. Ellie estava feliz por ter as rédeas para poder se segurar. Senão, ela tinha certeza de que escorregaria para dentro do lago!

— Isso é tão legal — comentou Jasmine, afagando o pescoço liso do seu caramujo, à medida que ele começava a nadar em direção à cachoeira, guiado por uma das ninfas.

— É incrível — concordou Summer, acariciando a concha de Encaracolado.

Novas amizades

Ele, por sua vez, acenou alegremente com os tentáculos dos olhos. Agora estavam em águas profundas, mas ela não sentia medo de nada com tantas ninfas amigas ao seu redor e Encaracolado nadando tão suavemente.

– Nunca imaginei que eu fosse andar de caramujo aquático gigante hoje – Jasmine falou sorrindo.

– Nunca imaginei que eu fosse andar de caramujo aquático gigante na vida! – riu Ellie.

Os caramujos seguiram em direção à cachoeira o mais depressa que podiam, esquivando-se das grandes vitórias-régias que estavam espalhadas sobre o lago como pedras verdes sobre a água.

– A Cachoeira Pingos de Luz fica logo ali – disse Nadia, apontando para uma cachoeira na frente delas.

Conforme se aproximavam, viram que a água descia de dentro de uma caverna cintilante no topo do penhasco.

– Olhem, tem elfos ali, bebendo a água – apontou Jasmine.

– E fadinhas também – gritou Ellie, avistando um grupo de fadas sobre suas folhas perto da cachoeira enchendo copinhos minúsculos.

Novas amizades

— Estão todos aqui para pegar a água medicinal? – Jasmine se perguntou em voz alta.

O Lago das Ninfas

— Sim — respondeu Nadia. — Os poderes curativos da água da Cachoeira Pingos de Luz são conhecidos por todo o reino. Faz qualquer um melhorar. Achamos que é porque a água é filtrada pelas camadas de cristal que existem na caverna no topo do penhasco. Se as pessoas não

Novas amizades

estão bem, elas vêm aqui e bebem um pouco da água medicinal. As fadinhas da cachoeira ajudam a coletar a água.

— Bom, posso não ser uma fada da cachoeira, mas vou pegar um pouco da água para fazermos a poção do rei Felício — disse Trixi, dando uma batidinha no anel e criando um pequeno frasco de cristal no ar por meio de mágica. A fadinha voou com a folha.

— Assim que a Trixi pegar a água, vamos ter outro ingrediente para acrescentar à poção-antídoto — Jasmine explicou alegremente.

Mal ela falou essas palavras, houve uma perturbação na cachoeira. Todos os elfos se espalharam, e as fadinhas se afastaram com suas folhas. Trixi voltou até as meninas sem ter pegado nenhuma gota d'água.

— O que está acontecendo? — ofegou Nadia, morrendo de medo.

O Lago das Ninfas

Ellie olhou em volta e notou que todas as outras ninfas estavam olhando para alguma coisa no céu. Elas apontavam e gritavam. Ellie olhou para cima e sentiu um arrepio gelado.

54

Novas amizades

Uma garça preta gigante com olhos vermelhos e um bico afiado como navalha estava fazendo voos rasantes na direção delas. Sobre as costas da ave, estava a figura magrela e de cabelos rebeldes da irmã do rei Felício: a malvada rainha Malícia!

Um feitiço maléfico

Os olhos escuros da rainha Malícia reluziram. Ela sacudia ameaçadoramente o cetro preto pontudo, enquanto a garça dava um rasante sobre o lago. Atrás dela, cinco dos seus servos batiam as asas de couro no ar. Os Morceguinhos da Tempestade exibiam expressões malvadas nos rostos pontiagudos. Eles gargalharam quando as ninfas começaram a dar gritinhos estridentes de medo e mergulharam para o fundo da água. Os caramujos aquáticos foram em seguida.

– Saltem! – Jasmine gritou para Ellie e Summer ao perceber que seus caramujos estavam começando a mergulhar. – Não podemos deixar a rainha Malícia chegar até a cachoeira. Quem sabe o que ela vai fazer com a água!

As meninas deslizaram das conchas dos caramujos, entraram na água e foram nadando em direção à cachoeira. A garça da rainha desceu no ar e pousou na beira do lago. Todos os elfos e todas as fadas tinham fugido, escondendo-se atrás dos arbustos e das rochas.

O lago agora estava vazio a não ser pelas meninas, que tentavam bater os braços e as pernas. Trixi, por sua vez, voava toda ansiosa em sua folha sobre a cabeça delas.

A rainha Malícia olhou feio para as fadas e para os elfos que a estavam espiando.

Um feitiço maléfico

— Ouvi vocês brincando com seus amigos, rindo, curtindo, bebendo a água e se divertindo juntos! – ela cuspiu as palavras. – Bom, isso acabou. Quando o boboca do meu irmão se tornar um sapo fedido e eu governar o Reino Secreto,

toda essa graça vai acabar. Vou secar essa cachoeira e aí vocês nunca mais vão conseguir pegar a água medicinal de que precisam para fazer a poção-antídoto!

– Não, você não vai! – Jasmine gritou, furiosa. – A gente não vai deixar!

A rainha jogou a cabeça para trás e deu uma gargalhada estridente.

– O quê?! Vocês três, meninas tolas, acham mesmo que podem derrotar a minha mágica?

– Achamos! – gritou Ellie. – Já derrotamos você antes!

– Bem, não desta vez – retrucou a rainha.

– Por que você tem que ser tão horrível? – Jasmine se exaltou. – Por que não deixa as pessoas serem felizes?

– E por que todo mundo tem que ser feliz quando eu não sou? – rosnou a rainha Malícia.

Ela levantou o cetro espetado e ameaçou:

Um feitiço maléfico

– Agora...

– Não! – interrompeu Trixi, alarmada.

Ela rapidamente deu uma batidinha no anel e gritou:

– Proteja as águas do feitiço que vem pelo caminho.
Por favor, magia de fada, funcione direitinho!

Houve um pequeno lampejo cor-de-rosa que logo se dissolveu. A rainha Malícia zombou:

– Você sabe que sua magia não é forte o suficiente para parar a minha!

E então ela gargalhou.

Summer viu o lábio inferior de Trixi tremer.

– Oh, Trixi! – ela exclamou. – Pelo menos você tentou.

A rainha Malícia virou-se para a Cachoeira Pingos de Luz e murmurou um feitiço baixinho, tão baixo que as meninas não puderam ouvir.

O Lago das Ninfas

CABRUM!

Um trovão explodiu no céu. Uma nuvem escura se formou na ponta do cetro da rainha e subiu para dentro da caverna no topo da cachoeira. As meninas soltaram uma exclamação horrorizada quando a água começou a cair mais devagar. A cascata acabou se transformando em um fiozinho de água e depois se tornou uma goteira. Por fim, a água secou completamente.

Um feitiço maléfico

— O que você fez? — Jasmine se desesperou.

— Agora ninguém no Reino Secreto vai poder sarar mais! — gritou Ellie.

A rainha Malícia deu um sorriso maldoso e afirmou:

— Isso mesmo. E também não vão ter como curar o tonto do meu irmão. Ele vai se transformar em um sapo fedido, então este reino será meu... todo meu! Muahahaha!

Ela pulou nas costas de sua garça gigante e com um riso malvado foi embora, seguida pelos Morceguinhos da Tempestade, que batiam as asas atrás dela.

— Ah, não! — lamentou Trixi.

A alguma distância dali, as ninfas e os caramujos vieram à tona. Os tentáculos dos olhos dos caramujos sacudiram loucamente, e muitas ninfas começaram a chorar.

— Por favor, não fiquem tristes — Summer falou. — Vamos pensar em alguma coisa para resolver isso.

— Vamos, sim – reforçou Jasmine. – A rainha Malícia não vai se safar dessa.

— A gente vai quebrar o feitiço dela! – falou Ellie à medida que, por todo o lago, elfos e fadas começaram a sair de trás dos arbustos, com seus rostos pálidos e preocupados.

— Mas como? – questionou Trixi. – A rainha Malícia está certa: a magia das fadas não é forte o bastante para desfazer os feitiços dela. E, diga-se de passagem, nem sabemos o que o feitiço dela fez para conseguir parar a cachoeira.

— Bem, vamos ter que ir até a caverna e investigar – declarou Jasmine.

Ellie olhou para o penhasco íngreme e perguntou, engolindo em seco:

— A gente vai mesmo escalar até lá em cima?

Summer disparou um olhar preocupado para a amiga. Ela sabia o quanto Ellie tinha medo de altura. Porém, diante dos olhos de Summer, Ellie empinou o queixo com determinação.

Um feitiço maléfico

— Então vamos! — falou Summer.

As três amigas sorriram e saíram da água para subirem nas pedras na base do penhasco. Enquanto procuravam o melhor lugar para começar a escalada, o anel de Trixi começou a brilhar.

O Lago das Ninfas

— Ai, minha nossa! — disse a pequena fadinha. — O rei Felício deve estar me mandando uma mensagem.

Um feitiço maléfico

Ela deu uma batidinha no anel mágico, e uma chuva de fagulhas cintilantes flutuou no ar e formou letras douradas cheias de arabescos:

Querida Trixi,
por favor, você pode fazer uma mágica
e preparar um banho de imersão bem gostoso?
Não sei por quê, mas estou com muita
vontade de entrar na água.
Com amor, rei Felício.

— O que vou fazer? — Trixi disse, alarmada. — Sou uma fadinha real e tenho que fazer tudo o que estiver ao meu alcance para ajudar o rei.

— Mas você está ajudando, mesmo que ele não saiba — falou Summer. — Você está ajudando a impedir que ele se transforme em um sapo fedido!

O Lago das Ninfas

Trixi pensou por um segundo.

– Você está certa – disse a fadinha.

Então ela tocou o anel e escreveu uma mensagem no ar em perfeitas letras cor-de-rosa.

*Querido rei Felício,
Estou no Lago das Ninfas com Jasmine,
Ellie e Summer, mas volto logo, logo.
Com amor, Trixi.*

Ela deu uma batidinha no anel e as palavras desapareceram.

Poucos segundos depois, uma nova mensagem apareceu no céu, vinda do rei:

*Ooh, eu adoraria nadar no Lago das Ninfas!
Estarei aí a qualquer momento!*

– Minha nossa! Ele está vindo para cá! – exclamou Trixi.

Um feitiço maléfico

As meninas ficaram muito preocupadas. Em situações normais, elas adoravam encontrar o bondoso reizinho, mas ele não podia descobrir o que elas estavam fazendo.

— Temos que subir até a caverna — disse Jasmine. — Como vamos explicar isso ao rei Felício quando ele não sabe nada sobre a poção-antídoto?

— Ele nem mesmo sabe que está se transformando em um sapo fedido — observou Trixi, coçando a cabeça. — Talvez eu consiga impedir que ele venha...

SPLASH!

Algo caiu dentro do lago, perto dali, fazendo a água espirrar em toda parte.

— Rei Felício! — Ellie exclamou ao ver o rei de bochechas rosadas boiando na água.

Ele vestia um traje de banho púrpura-real cheio de bolinhas, e uma grande boia de borracha amarela envolvia sua barriga gorducha. A coroa brilhante do rei Felício pairava acima de

seu cabelo branco. Os pequenos óculos de meia-
-lua estavam empoleirados um pouco tortos sobre o nariz.

– Olá, pessoal! – ele gritou, acenando de sua boia. – Eu vim pelo meu escorregador arco-íris direto para cá. Essa definitivamente foi uma das minhas melhores invenções. Como é bom ver vocês, meninas! – ele girou em um círculo na água. – E que dia maravilhoso para um mergulho no Lago das Ninfas… REBBET!

Um feitiço maléfico

Ele soltou um grande coaxar.

– Oh, minha nossa. Eu sinto muitíssimo – o rei se desculpou. Suas bochechas redondas ficaram vermelhas. – Ainda estou com essa tosse irritante e não paro de fazer barulhos estranhos... REBBET!

– Não se preocupe com isso, rei Felício – Ellie falou rapidamente.

– Não, eu espero que a sua... a sua tosse passe logo, logo – emendou Summer.

Um feitiço maléfico

Mas o rei não respondeu.

– Vitórias-régias! – ele gritou de alegria. – Oh, eu preciso me sentar em cima de uma delas.

Ele foi espirrando água em direção às vitórias-régias mais próximas. Seus braços e pernas se moviam como os de um sapo na água.

– Coitadinho do rei Felício, ele está mesmo piorando – sussurrou Summer ao ver o rei saltar sobre uma vitória-régia.

Ele suspirou e se agachou, todo satisfeito.

– REBBET! – ele soltou.

– Temos que fazer a cachoeira funcionar de novo – disse Trixi, nervosa. – Senão, a tia Maybelle não vai conseguir preparar a poção--antídoto, e o rei vai se transformar em um sapo fedido para sempre!

– Trixi, uma das cachoeiras desapareceu – gritou o rei Felício de sua vitória-régia. – Ah, é por isso que a Ellie, a Summer e a Jasmine estão aqui?

O Lago das Ninfas

— Er... é sim — explicou Ellie. — A rainha Malícia lançou algum tipo de feitiço para fazer a água desaparecer.

— Oh, aquela minha irmã terrível! — lamentou o rei Felício.

— Não se preocupe, Vossa Majestade — Summer o tranquilizou. — A gente vai dar um jeito nisso tudo. Vamos subir até a caverna no topo do penhasco para ver o que há de errado lá em cima.

— Minha nossa! Vocês são muito corajosas — o rei Felício parecia impressionado. — Eu também vou!

Ele saltou de volta na água e nadou até elas.

— Ah, não. Não precisa, Vossa Majestade — Jasmine apressou-se a dizer. — Vamos ficar bem, não se preocupe.

Mas o rei se recusou a aceitar "não" como resposta e disse:

Um feitiço maléfico

– Não, não, eu vou com vocês. Quanto mais gente, melhor, é o que eu sempre digo.

Ele saiu do lago e tirou a boia. Depois, ergueu os olhos para o penhasco altíssimo que terminava na caverna.

– Temos que dar um jeito nessa cachoeira… REBBET!

A Caverna de Cristal

O penhasco era muito íngreme e todas as pedras e pedregulhos estavam cobertos de algas escorregadias. Summer, Jasmine e Ellie subiam com muito esforço, sentindo os pés e as mãos deslizarem sobre as pedras. Para a surpresa das meninas, o rei Felício avançava muito bem, indo de uma pedra a outra com destreza.

O Lago das Ninfas

Trixi voava sobre a folha ao lado dele, nervosa, mas ele nunca parecia em perigo de escorregar.

– Não estou gostando disto! – gritou Ellie enquanto elas subiam cada vez mais alto pela encosta.

– Você consegue – Jasmine incentivou. Ela e Summer estavam uma de cada lado de Ellie. – Só continue seguindo em frente e não olhe para baixo.

– Tem um apoio para mão aqui – disse Summer, guiando as mãos de Ellie. – E esta rocha parece segura.

Pouco a pouco as meninas subiram pela encosta até que chegaram à entrada da caverna.

– Puxa vida! – Ellie perdeu o fôlego, maravilhada quando olhou em volta.

A caverna era gigante, tão grande como uma catedral, e as paredes, o teto e o piso eram todos feitos do mais puro cristal. Longas estalactites se dependuravam do teto como pingentes enormes. Conforme a luz batia nelas, refletia arco-íris por todas as paredes branquinhas.

– Não é incrível? – sussurrou Summer, encantada, olhando para as estalactites.

O Lago das Ninfas

– Incrível! – concordou Jasmine.

– É lindo – disse Trixi. – Normalmente, tudo isso estaria debaixo d'água.

– Mas onde foi parar a água? – perguntou o rei Felício, coçando a cabeça e olhando à sua volta.

– Humm... Primeiro, precisamos descobrir de onde ela normalmente vem – observou Jasmine, pensando em voz alta.

Todos se separaram para explorar a caverna. Ellie avistou um laguinho entre as pedras, perto do fundo da caverna, e foi seguindo pelo caminho cheio de estalactites brilhantes que levava até lá. Quando ela se deparou com o lago da caverna, viu que estava cheio de água e, bem lá no fundo, havia uma enorme rocha preta.

– Ei, vejam isto. Aqui! – ela chamou.

As outras meninas foram até a amiga.

A Caverna de Cristal

— Deve ser de onde a água vem — concluiu Ellie, apontando para o lago profundo. — Mas está bloqueado.

— É aquela rocha grandona que está impedindo a nascente da água — disse Jasmine. — O feitiço da rainha Malícia deve ter tampado ali.

— Oh, minha irmã é tão horrível — comentou o rei Felício, observando o pedregulho e sentindo um grande desânimo. — Por que ela sempre tem que estragar as coisas para todo mundo?

— Bom, esperamos conseguir resolver isso – falou Ellie, sentindo a mente girar, cheia de pensamentos. – Precisamos tirar aquela rocha dali. Por que a gente não mergulha e vê se consegue movê-la?

— Pode ser – concordou Jasmine, ansiosa. – Eu posso tentar.

— Pelo menos temos um pouco de água para a poção – sussurrou Ellie, espiando o rei Felício, que tinha ido olhar as estalactites.

Trixi enrugou a testa.

— Na verdade, acho que não.

— Como assim? – perguntou Ellie, surpresa. – Tem tanta água neste lago. Não podemos simplesmente levar um pouco?

Em resposta, Trixi desceu até perto da superfície da nascente em sua folha e passou os dedos na água. Ela provou, sacudiu a cabeça e lamentou:

— Não, é como eu pensava. A magia maléfica da rainha Malícia tirou todo o poder curativo desta água. Precisamos que a cachoeira volte a fluir para conseguirmos a água fresca que vai funcionar na poção.

O rei Felício olhou em volta com curiosidade.

— Sobre o que vocês estão sussurrando?

— Nada, Vossa Majestade — falou Summer às pressas, indo até ele. — Por que não fica comigo enquanto a Jasmine tenta mover a rocha dali?

— Oh, sim — o rei Felício respondeu e se acomodou ao lado de Summer. — Eu não nado muito bem, sabe? Eu sempre tenho que usar minha boia quando estou na água — ele confessou.

Jasmine se preparava na beira do laguinho.

— É muito, muito fundo — comentou Ellie, dando uma espiada na água.

Jasmine colocou os braços acima da cabeça e deu um mergulho perfeito, exatamente como

O Lago das Ninfas

tinha feito na piscina de Valemel. Ela conseguiu nadar para baixo, mas não pôde ficar lá por muito tempo. Logo voltou à superfície.

– Fiquei sem fôlego antes mesmo de conseguir encostar na pedra!

Pensar na piscina fez Summer ter uma ideia.

– Trixi, você tem pó de bolhas aí? Se tivesse, a gente poderia respirar debaixo d'água.

A Caverna de Cristal

Mas Trixi negou com a cabeça.

– Só consigo fazer a magia do pó de bolhas perto do mar.

– Minha nossa! Cetros e coroas, o que vamos fazer? – o rei Felício andava de um lado para outro, com os óculos na ponta do nariz.

Jasmine alisou os cabelos molhados. Sua tiara, graças ao encanto anterior de Trixi, ainda estava presa no lugar.

– Vou tentar de novo – ela disse.

A menina subiu na margem e mergulhou de novo.

Desta vez, ela conseguiu ficar no fundo um pouco mais, mas, embora puxasse e empurrasse, a rocha era pesada demais e não se moveu.

– Não dá – disse Jasmine ao voltar à superfície.

– Vou tentar! – falou Ellie e mergulhou.

Ela conseguiu alcançar a rocha e até a tocou com a ponta dos dedos, mas logo também teve que voltar.

— Está muito no fundo! – exclamou, recuperando o ar.

Ellie fitava o rochedo quando ouviu um *plop* ao lado dela no lago. Em seguida, outro. Ela olhou para cima e avistou um cristal cair no lago e espirrar água diante dela.

— Ei! – ela gritou.

Cinco grandes formas pretas com olhos maldosos vinham pelo céu batendo as asas negras e entraram na caverna. Eles pegaram cristais do solo da caverna e começaram a arremessá-los nas meninas.

— Os Morceguinhos da Tempestade da rainha Malícia! – gritou Summer.

As cinco criaturas deram um rasante dentro da caverna, desviando-se de estalactites como morcegos gigantes.

— Cuidado! – berrou Trixi quando outro cristal veio voando na direção delas.

A Caverna de Cristal

As meninas se desviaram bem a tempo. As risadas dos Morceguinhos da Tempestade ecoavam por toda a caverna tão alto que era difícil até de pensar.

O Lago das Ninfas

– Oh, minha nossa! – gritou o rei Felício, aproximando-se às pressas. – Vão embora, seus morcegos terríveis!

Ele agitou suas mãos no ar, mas as criaturas os ignoraram.

– A cachoeira secou para sempre. Vocês nunca vão conseguir mover essa pedra! – gritou um morcego.

A Caverna de Cristal

— Vamos, sim! — retrucou Ellie do laguinho.

— Não se a gente puder impedir! — exclamou o morcego.

Ele e os outros mergulharam para pegar mais dos cristais cintilantes.

— Parem com isso! Por favor, parem! — implorou o rei Felício, pulando no lugar, desanimado.

O Lago das Ninfas

O problema era que os morceguinhos não davam atenção a uma palavra do que ele dizia.

– Trixi, você pode usar a sua magia? – perguntou Jasmine antes de mergulhar na água, pois mais e mais pedaços de cristal começaram a chover dentro do lago da caverna.

Trixi voou em sua folha em direção aos servos da rainha. A fadinha era bem minúscula comparada a eles, mas estava determinada.

– Não machuquem meus amigos! – ela gritou. Em seguida, deu uma batidinha no anel e cantarolou:

– Vocês podem continuar atirando cristais,
mas eles voarão devagar e não serão letais.

Houve um brilho de luz, e cada cristal começou a se mover em câmera lenta, como se o ar da caverna tivesse se tornado espesso. Ellie deu uma risadinha vendo os morcegos uivarem muito aborrecidos. As rochas viajavam pelo ar

A Caverna de Cristal

tão devagarinho que Trixi podia derrubá-las antes que elas alcançassem as meninas.

– Muito bem, Trixi! – comemoraram as garotas.

– Mas não vai durar muito! – a fadinha gritou do alto.

– Vamos tentar de novo – disse Ellie.

– Talvez a gente consiga mover a pedra se trabalharmos juntas – propôs Jasmine.

Em vez de irem uma de cada vez, Ellie e Jasmine mergulharam ao mesmo tempo. Suas mãos puxaram a rocha escura e lisa, mas não demorou muito para que precisassem subir de novo para tomar ar. Enquanto Summer observava ansiosa, primeiro Ellie e depois Jasmine irromperam ao lado dela, sacudindo a cabeça, decepcionadas.

– Posso ajudar? – perguntou o rei Felício, chegando à beira do lago na caverna.

O Lago das Ninfas

A Caverna de Cristal

– Rei Felício! Vossa Majestade está sem sua boia! – ofegou Summer.

Mas o rei não deu ouvidos.

– Aqui vou eu! – ele gritou e saltou na água.

Trabalho em equipe

– Rei Felício! – Jasmine, Summer e Ellie berraram ao verem a água cobrir a cabeça do rei. Mas ele simplesmente subiu à superfície e começou a nadar como um profissional.

O Lago das Ninfas

— Estou nadando muito melhor agora — ele declarou. — Não consigo entender por que antes era tão difícil.

— Deve ser porque ele está se transformando em um sapo fedido — Ellie sussurrou para Jasmine e Summer.

Trabalho em equipe

– Claro que sim! – as outras concordaram.

– Sabem, eu até acho que consigo agarrar a rocha! – exclamou o rei. – Deixem-me ver.

Virando de cabeça para baixo, o rei Felício desapareceu debaixo da água. As três meninas avistaram só os pezinhos dele, que já estavam com um formato de pés de sapo!

– Não me admira que ele consiga nadar melhor – comentou Jasmine.

As meninas prenderam a respiração de tão ansiosas ao verem o rei Felício nadar por todo o caminho até o rochedo sem o menor problema. Ele agarrou a pedra, mas, embora puxasse com todas as suas forças, não conseguiu movê-la.

De repente, um cristal desabou na água.

– Desculpem, mas o meu feitiço está acabando – gritou Trixi.

– Tive uma ideia! – Jasmine exclamou de repente.

O Lago das Ninfas

Ela sussurrou seu plano para as amigas, então mergulhou e ajudou o rei Felício a puxar a rocha.

– É isso aí! – Ellie gritou.

Ela saltou na água e puxou as pernas de Jasmine, mas ainda não foi o suficiente.

Trabalho em equipe

Summer olhou para o fundo da piscina e engoliu em seco. Ela precisava ajudar! Respirando fundo, ela fechou os olhos e mergulhou na água, na tentativa de agarrar as pernas de Jasmine. De repente, ela sentiu as mãos tocarem a amiga. Em seguida, agarrou e puxou o mais forte que conseguia.

Bem quando ela achou que estava ficando sem ar, a rocha se soltou! Uma água límpida e cintilante jorrou com força do buraco até então bloqueado. Ellie, o rei Felício, Jasmine e Summer subiram de volta à superfície, tentando recuperar o fôlego. A água já estava enchendo a caverna e acabou erguendo as três meninas e o rei Felício.

– Conseguimos! – comemorou Jasmine.

As meninas abraçaram-se enquanto a água fluía para fora do lago. Logo, a caverna estava quase cheia de água cristalina.

— Está ficando muito fundo – falou Summer, nervosa, flutuando por ali.

— A correnteza está bem forte – gritou Ellie conforme mais e mais água inundava a caverna de cristal.

De repente, com um gorgolejo parecido com o barulho de água em uma banheira, uma grande torrente de água jorrou para fora do laguinho da caverna!

— ARGH! – gritaram os Morceguinhos da Tempestade ao serem atingidos pela água.

— Minha nossa! – alarmou-se Trixi, também apanhada na onda.

— Aaahh! – gritou Summer.

Ela começou a bater os braços e as pernas, e Jasmine segurou sua mão.

As meninas se agarraram com firmeza umas nas outras enquanto eram carregadas pela água de um lado para outro.

Trabalho em equipe

Ellie lutou para conseguir respirar e exclamou, assustada:

– Estamos chegando à borda!

O rei Felício soltou um gritinho contente, dando cambalhotas na água.

– Que divertido! – ele exclamou.

As meninas prenderam a respiração e deixaram a água cristalina empurrá-las para a abertura da caverna. Elas iam ser jogadas pela cachoeira!

Summer, Jasmine e Ellie gritaram bem alto quando saíram da caverna e começaram a despencar.

– Não posso olhar! – Ellie gritou ao ver o lago lá embaixo.

Summer estendeu a mão para segurar as amigas em meio aos fluxos de água em volta delas. Porém, quando a água começou a cair pela borda, por mágica ela desacelerou.

– Não se preocupe! – Trixi falou. – As fadinhas descem pelas cachoeiras o tempo todo. É completamente seguro.

Summer olhou em volta e logo viu a água passar por elas num ritmo lento. Até mesmo Ellie

Trabalho em equipe

abriu os olhos. Era como descer no melhor tobogã do mundo!

— Iupiii! — gritou Jasmine, fluindo pela cascata, toda contente.

O Lago das Ninfas

– Olhem para mim! – Ellie gritou, lançando os braços para cima.

O rei Felício nadava alegremente por elas enquanto coaxava:

– REBBET! REBBET! REBBET!

Eles mergulharam nas profundezas do lago. Ao chegar ao fundo, Summer ficou com medo por um instante, mas logo sentiu uma mão segurá-la. Abriu os olhos e viu o rosto azulado de Nadia, com seus longos cabelos oscilando em torno dela.

– Peguei você! – a voz de Nadia flutuou até Summer através da água.

Ela segurou as mãos de Summer e a puxou para cima, batendo as pernas bem rápido. Elas chegaram à superfície do lago e respiraram o ar fresco.

– Você está bem? – perguntou Nadia, sugando o ar ansiosa.

Summer abriu um enorme sorriso.

Trabalho em equipe

— Estou mais do que bem — ela declarou. — Foi muito divertido, eu queria fazer tudo de novo!

O Lago das Ninfas

Nadia começou a rir e elas se abraçaram. Ellie e Jasmine já estavam brincando na água com as ninfas. O rei Felício pulava e mergulhava com alegria. Trixi estava empoleirada na concha de Encaracolado, sorrindo enquanto esperava sua folha secar ao sol. Em toda a volta, nas margens do lago, elfos e fadas estavam jogando água e brincando. As únicas criaturas que não pareciam felizes eram os Morceguinhos da Tempestade, que estavam se arrastando para fora do lago com suas asas encharcadas e com água pingando dos queixos pontudos.

— Argh! — gritou o líder.

— Estou todo molhado — disse outro.

— Odeio água — disse um terceiro.

— A rainha Malícia vai ficar muito zangada com a gente — comentou um quarto.

De muito mau humor, todos bateram asas e se mandaram.

Trabalho em equipe

— Conseguimos! — Jasmine gritou, nadando para chegar perto de Summer e Ellie. — Fizemos a cachoeira fluir de novo.

– E agora todos no Reino Secreto vão poder vir aqui sempre que não estiverem se sentindo bem – completou Summer alegremente.

Depois de verificar que o rei Felício não estava olhando, Ellie sussurrou:

– Agora só precisamos pegar um pouco de água para a poção-antídoto.

Trixi saltou para sua folha e voou em direção à Cachoeira Pingos de Luz. Com uma batidinha no anel mágico, ela conjurou o frasco de cristal e foi voando até a cachoeira para enchê-lo de água medicinal. A água no interior do frasco brilhava à luz do sol, projetando arco-íris tão bonitos como os da caverna de cristal. Trixi voou feliz para junto das meninas.

– Eu vou levar isto aqui para a tia Maybelle acrescentar na poção-antídoto. Já volto!

Ela desapareceu num piscar de olhos em meio a um clarão cor-de-rosa.

Trabalho em equipe

Ellie sorriu e falou:

– Agora faltam apenas dois ingredientes.

Nadia e seus amigos vieram nadando na direção das meninas, e a ninfa disse:

– Venham brincar com a gente. Vamos fazer uma corrida de caramujos aquáticos!

Logo, Summer, Ellie e Jasmine estavam apostando corrida em cima de Encaracolado e de outros caramujos. Em seguida, elas fizeram um concurso de mergulho e até mesmo Summer participou. Depois de terem que mergulhar no lago da caverna com Morceguinhos da Tempestade jogando cristais nelas, o lindo lago quentinho cheio de vitórias-régias não parecia nem um pouco assustador. Nadia mostrou como ir bem fundo na água e depois nadou com Summer perto do leito, de mãos dadas, passando entre as algas e os cardumes de peixinhos furta-cor. Era maravilhoso!

O Lago das Ninfas

Trixi voltou no instante em que as meninas estavam enfim saindo da água.

— A tia Maybelle ficou muito satisfeita — ela contou. Seus olhos brilhavam. — Ela me pediu

Trabalho em equipe

para agradecer a vocês e disse que vai descobrir, o mais rápido possível, qual é o próximo ingrediente. E parece que vocês precisam de algumas toalhas.

Com uma batidinha no anel, ela fez aparecer três grandes toalhas felpudas para as meninas e depois um banquete de limonada espumante, biscoitos fresquinhos e morangos.

– Foi uma tarde muito divertida – disse Jasmine, mastigando um biscoito.

– Foi sensacional! – exclamou Ellie, bebendo o restinho da limonada espumante de seu copo.

– Eu queria que o Reino Secreto pudesse ser sempre tão feliz assim – Summer suspirou, acenando para o rei Felício, que estava nadando muito satisfeito pelo lago.

Trixi assentiu com a cabeça, olhando preocupada para o rei Felício quando ele mergulhou na água batendo os pés de sapo.

O Lago das Ninfas

— Temos de encontrar logo os dois últimos ingredientes. O tempo está se esgotando, e o rei Felício está correndo um perigo terrível — disse ela, apreensiva.

Ellie olhou para o rei quando ele apareceu de novo na superfície e sussurrou:

— Não podemos deixá-lo se transformar em um sapo fedido.

— Assim que você souber qual é o próximo ingrediente, avise a gente, que voltaremos na hora para ajudar — Jasmine disse para Trixi.

— Eu aviso. Prometo — disse Trixi, com os olhos azuis arregalados.

As meninas se levantaram.

— Tchau! — Summer falou para Nadia e para as outras ninfas da água. — Foi muito bom conhecer vocês!

— Adeus! — todos acenaram.

Summer, Ellie e Jasmine deram as mãos.

Trabalho em equipe

— Adeus por enquanto — despediu-se Trixi, beijando cada uma na ponta do nariz e depois dando uma batidinha no anel.

Houve um lampejo de luz cor-de-rosa, e as meninas sentiram que estavam sendo carregadas em um redemoinho mágico.

Elas pousaram dentro do cubículo do vestiário da piscina de Valemel. A Caixa Mágica estava no banco ao lado delas. Já não brilhava mais.

— Voltamos para casa — disse Summer, olhando em volta.

— Até o Reino Secreto precisar de novo da gente — completou Jasmine, embrulhando a caixa e entregando a Ellie. — Vamos voltar para a piscina mais um pouco?

— Vamos! — disse Ellie, enlaçando o braço com a amiga. — Quero dar mais alguns mergulhos.

— Eu também — disse Jasmine.

O Lago das Ninfas

As duas olharam para Summer.

– Com certeza, mergulhar é legal! – Summer se juntou a elas. Então, ela baixou bem a

Trabalho em equipe

voz e sussurrou: – Quer dizer, só quando a gente não encontra nenhum Morceguinho da Tempestade por aí!

Rindo juntas, as três garotas voltaram para a piscina, prontas para mais diversão.

Na próxima aventura no Reino Secreto,
Ellie, Summer e Jasmine vão visitar

A Floresta dos Contos!

Leia um trecho…

Livros e mais livros!

Summer Hammond deslizou o dedo lentamente pelas lombadas dos livros que havia nas prateleiras da biblioteca. Eram tantos livros, tantas histórias! Passou as longas tranças loiras por cima dos ombros. Ela sentiu uma felicidade tomar conta dela enquanto decidia qual livro iria pegar. Summer adorava ler, e a biblioteca era um dos lugares aonde ela mais gostava de ir.

Então, quando Ellie Macdonald, uma de suas melhores amigas, tinha falado que precisava encontrar um livro para seu trabalho de arte, Summer ficou ansiosa para ir junto. Elas também tinham levado junto sua outra melhor amiga: Jasmine Smith.

Ellie estava folheando um grande livro de artesanato sobre confecção de fantoches.

– É exatamente deste livro que eu preciso para meu trabalho da escola – ela comentou em voz baixa, para que a bibliotecária não desse bronca por elas estarem conversando. – Eu vou me sentar e fazer algumas anotações.

Jasmine se sentou ao lado da amiga e perguntou com um suspiro:

– Quanto tempo você vai demorar?

– Não sei – respondeu Ellie.

– Por que você não escolhe um livro enquanto a gente espera? – Summer sugeriu à Jasmine.

Porém, Jasmine balançou a cabeça e disse:

— Não. Vou só ficar sentada aqui. Não gosto muito de ler.

Summer sabia que Jasmine gostava muito mais de cantar, dançar e fazer atividades físicas do que de ficar parada lendo, mas sem dúvida deveria existir algum livro que ela acabaria gostando. Tinha que existir!

Então, Summer começou a procurar nas prateleiras, até que encontrou o livro perfeito. Ela o tirou da prateleira e disse enquanto o estendia à Jasmine:

— Dê uma olhada neste aqui!

Jasmine leu o título:

— *Pandora Parks: estrela pop!*

A garota na capa parecia bastante com ela, com seus longos cabelos escuros e olhos castanhos. Ela segurava um microfone e estava vestida com um macacão vermelho. Jasmine o virou para ler a sinopse na contracapa.

– Na verdade, este livro parece bem legal – ela admitiu.

– Então tente ler – Summer incentivou. – Os livros da Pandora são uma série. Ela é uma estrela pop neste livro, uma atriz em outro, depois vira modelo. Ela sempre vive um monte de aventuras. Aposto que você vai gostar e...

Summer sorriu ao perceber que Jasmine já estava virando a primeira página. Ela deu um risinho para si mesma e voltou para as estantes. Bom, qual livro ela iria ler?

Ela pegou vários antes de se decidir por uma história de resgate de animais. Ela se sentou com as amigas e começou a leitura.

Depois de mais ou menos meia hora, Ellie fechou o caderno.

— Pronto, já fiz todas as anotações de que eu precisava para o trabalho da escola. Agora só preciso ir para casa, colocar a mão na massa e fazer o fantoche!

Ela se levantou e colocou o livro de volta na prateleira. Summer se espreguiçou e também se levantou. Ela olhou para Jasmine, que ainda estava com a cabeça enterrada no livro *Pandora Parks: estrela pop!*

— Jasmine, vamos voltar para a casa da Ellie.

Jasmine piscou e disse:

— Mas eu estou numa parte bem legal. Não consigo parar de ler agora!

Summer respondeu dando risada:

— Então, talvez você se interesse por alguns livros, não é verdade?

— Por este aqui, com certeza. É incrível! — falou Jasmine, contente. — Vou ter que pegar emprestado da biblioteca para eu poder terminar. A Pandora vive tantas aventuras!

Ellie ouviu de longe e acrescentou:

– Que nem a gente!

As três amigas sorriram entre si. Elas compartilhavam um segredo muito especial. Em um bazar da escola, as meninas tinham encontrado uma velha caixa de madeira cheia de entalhes. Acabaram descobrindo que era uma caixa mágica feita pelo rei Felício, o soberano que governava uma terra encantada chamada Reino Secreto. Sempre que o povo do reino precisava da ajuda das meninas, Trixibelle, a fadinha, mandava uma mensagem na caixa para convocá-las e depois as levava para aquela terra maravilhosa.

– Onde está a Caixa Mágica agora? – sussurrou Jasmine.

– Aqui – disse Ellie, colocando sua bolsa em cima da mesa e mostrando com a mão.

– Quando será que vamos receber outra mensagem do Reino Secreto? – perguntou Summer.

Ellie abriu a parte de cima da bolsa e tirou a Caixa Mágica dali. As laterais de madeira eram entalhadas com criaturas mágicas e a tampa era cravejada com seis pedras preciosas verdes.

– Ah, eu queria tanto que ela estivesse brilhando! – disse Ellie com um suspiro.

Uma luz brilhou sobre a tampa espelhada da caixa.

– Funcionou! – Ellie exclamou com espanto.

Cheia de esperanças, Jasmine olhou para a caixa.

– Eu queria ganhar na loteria!

– Xiu! – a bibliotecária pediu silêncio lá da mesa dela.

– Venham! – chamou Ellie, colocando a caixa de volta na bolsa. Seus olhos brilhavam de emoção. – O Reino Secreto precisa de nós! É melhor encontrarmos um lugar mais discreto, onde possamos dar uma boa olhada na caixa para ver a mensagem.

– Sigam-me! – falou Summer, sentindo o coração disparado.

Ela foi seguindo pela biblioteca para sair da seção infantojuvenil e depois passou por alguns corredores. Outra aventura estava começando!

– Para que lugar do Reino Secreto será que a gente vai desta vez? – perguntou ela num sussurro.

– E que ingrediente vamos ter que procurar? – acrescentou Jasmine.

O Reino Secreto estava passando por problemas majestosos. A malvada rainha Malícia tinha dado um bolo envenenado para seu irmão, o rei Felício. Agora, ele estava se transformando pouco a pouco em um horrível sapo fedido. A rainha Malícia planejava assumir o controle do reino quando a transformação do rei Felício estivesse completa. A única maneira de acabar com a maldição seria dar ao rei uma poção-antídoto mágica, mas, para prepará-la, era preciso encontrar seis ingredientes muito raros. Até o momento, elas já tinham coletado o favo de mel de abolhas, o açúcar prateado, um punhado de pó de sonho e um pouco da água medicinal da Cachoeira Pingos de Luz. Só precisavam encontrar mais dois ingredientes!

Elas alcançaram o canto mais distante da biblioteca, que estava cheio de volumes de periódicos velhos e empoeirados com capa de couro.

– Acho que vamos ficar seguras aqui – Summer disse baixinho. – Ninguém entra neste corredor.

As meninas se ajoelharam e tiraram a Caixa Mágica da bolsa de Ellie. A tampa espelhada ainda estava brilhando com uma luz prateada.

Leia

A Floresta dos Contos

para descobrir o que acontece depois!

O Reino Secreto